AF233876

NOTICE

SUR

LA NOUVELLE ÉDITION DE COCHIN,

PRÉCÉDÉE

D'UN COUP-D'ŒIL SUR LA MÉTHODE DES ORATEURS DU
BARREAU FRANÇAIS AUX 16ᵉ ET 17ᵉ SIÈCLES ;

PAR M. BERRIAT-SAINT-PRIX ;

Lue à la Société royale des Antiquaires, le 9 juillet 1823, et insérée
dans la *Thémis*, 29ᵉ livraison, tom. 5, p. 435 et suivantes.

A PARIS,

DE L'IMPRIMERIE DE DAVID, RUE DU POT-DE-FER, N° 14.

1823.

* Les éditeurs de la Thémis publient, pour chaque année ju-
diciaire, un volume de trente-six feuilles, en dix livraisons. La
30e livraison, qui paraîtra au mois d'août prochain (1823), ter-
minera le cinquième volume. La première livraison du tome 6,
sera publiée en novembre.

On s'abonne AU BUREAU DE RÉDACTION, *rue Souflot, n° 2
(place Sainte-Geneviève)*, et chez Fanjat, libraire, rue Chris-
tine, n° 3, à Paris; le prix est de 12 fr. pour Paris, et 13 fr. 80 c.
pour les départemens. L'abonnement coûte 15 fr. 60 c. pour les
pays étrangers, à l'égard desquels on peut affranchir jusqu'à des-
tination.

On trouve chez Fanjat, indépendamment des nouvelles éditions de Cochin et d'Aguesseau (*V. la note* 1, *ci-contre*), les
ouvrages de jurisprudence suivans :

Juris civilis ecloga (Instit. de Justinien et de Gaïus, règles
d'Ulpien, sentences de Paul, etc., etc.); in-12 de plus de 700
pages. Prix : 5 fr.

Institutes de Justinien, expliquées par M. du Caurroy; 3 vol.
in-8°, dont les deux premiers (prix 10 fr.) ont paru.

Tabulas chronologicas (Hist. abrégée du Droit romain), d'a-
près Haubold; in-fol. de 8 feuilles. Prix : 5 fr.

NOTICE

SUR

LA NOUVELLE ÉDITION DE COCHIN (1);

PRÉCÉDÉE

D'UN COUP-D'ŒIL SUR LA MÉTHODE DES ORATEURS DU
BARREAU FRANÇAIS AUX 16ᵉ ET 17ᵉ SIÈCLES,

PAR M. BERRIAT-SAINT-PRIX;

Lue à la Société royale des Antiquaires, le 9 juillet 1825, et insérée
dans la *Thémis*, 29ᵉ livraison, tom. 5, p. 433 et suivantes.

Les jurisconsultes français parurent pendant long-
temps étrangers à l'impulsion que la découverte de l'imprimerie avait, en quelque sorte, donnée à la littérature
vers le milieu du quinzième siècle. Pendant près de
quatre-vingts ans, ils regardèrent avec dédain l'étude
des écrivains célèbres de la Grèce et de Rome, dont
tous les savans faisaient leur occupation principale.
Leur méthode d'enseignement était aussi barbare que
la langue dans laquelle ils professaient. André Alciat,

---

(1) OEuvres complètes de Cochin, nouvelle édition, classée
par ordre de matières, précédée d'un discours préliminaire et
suivie d'une table analytique, par M. Cochin, avocat aux conseils
du Roi et à la Cour de cassation; 8 vol. in-8° (avec le portrait de
l'auteur); Paris, 1821, 1822, chez Fanjat aîné, libraire, rue Chris-
tine, n° 3: prix 48 fr.; pap. satiné, 56 fr.; et pap. vélin, 96 fr.
(On trouve aussi chez Fanjat la nouvelle édition de d'Aguesseau,
également classée par ordre de matières; Paris, 1819 à 1821,
16 vol. in-8°; prix 96 fr. et pap. vél. satiné 192 fr.)

italien, appelé en 1528 à une chaire de l'École de droi[t]
de Bourges, suivit un système opposé, et fut heureu-
sement imité par quelques-uns de ses contemporains,
tels qu'Émile Ferret et Arnould Ferrier, professeur[s]
d'Avignon et de Toulouse. Ces savans interprètes d[u]
Droit romain s'efforcèrent dans leurs leçons, de s'ex-
primer avec la pureté et l'élégance qu'on admire dan[s]
les décisions du Digeste, partie la plus importante d[u]
corps de lois de Justinien, dont ils étaient chargés d[e]
développer la doctrine, et cherchèrent à interpréte[r]
ces décisions en rapprochant leur texte des passage[s]
des moralistes, des historiens, et même des poëte[s]
anciens qui pouvaient servir à les éclaircir.

Leurs disciples, tels que les Duarein, les Baudouin,
les Doneau, les Hottoman, surtout Cujas, élève d[e]
Ferrier, suivirent la même méthode. Par elle, ils ac-
quirent une réputation à laquelle aucun interprète moderne du Droit romain n'a pu encore atteindre; tou[t]
comme aucune École de droit de nos siècles n'a brill[é]
d'une gloire aussi éclatante que les Universités, entr[e]
autres celle de Bourges, qu'ils illustrèrent par leur[s]
professorats et leurs ouvrages.

Les succès de ces grands jurisconsultes semblen[t]
avoir influé d'une manière fâcheuse sur le barreau français.

On s'imagina que, dès que la prééminence de ce qu[e]
l'on nomme l'École Cujacienne (1), était due en grande

---

(1) *V.* notre Histoire du Droit romain (Paris, 1821), p. 31[3]
et suiv.

partie à la profonde érudition de ses adeptes, il suffi-
sait d'en montrer beaucoup au barreau pour y obtenir
la réputation d'un orateur habile. On ne réfléchit pas
que, si la recherche et la comparaison d'un grand nombre de passages d'auteurs anciens est utile pour dé-
couvrir des institutions, des usages, des faits, dont
l'examen est nécessaire pour pénétrer le sens des lois
obscures qui s'y rapportent, ces mêmes recherche et
comparaison, lorsqu'elles n'ont pas une relation di-
recte avec les points litigieux soumis à un juge, sont
tout-à-fait inutiles et par là même absolument déplacées.

Telle fut cependant l'erreur générale dans laquelle
tombèrent les avocats, les magistrats des parquets et
les chefs des cours souveraines, à la fin du seizième et
au commencement du dix-septième siècle.

Nous pourrions d'abord citer, d'une part, le premier
président Achille de Harlay, qui, à la fin d'une mer-
curiale faite dans une audience solennelle, apostro-
phait ainsi les gens de loi chargés de dresser les actes
des procédures soumises aux tribunaux : « Procureurs !
» Homère vous apprendra votre devoir dans son admi-
» rable Iliade, *libro* K (1)... » Et d'une autre part, l'a-

______

(1) En helléniste renforcé, Achilles de Harlay se garde bien
de citer le livre de l'Iliade par son numéro ; il aime mieux dire
livre K que livre *dix*... Du reste,

> On ne s'attendait guère
> A voir Homère en cette affaire.

Achille de Harlay fut nommé premier président en 1582, et
mourut en 1616.

vocat-général, Louis Servin, qui se fondait plus souvent sur les opinions des rabbins juifs, tels que les Maimonides et Ben-David, que sur les décisions des jurisconsultes romains... (1).

Mais un des élèves les plus distingués de Cujas, Expilly, qui fut successivement avocat et président au Parlement de Grenoble, et conseiller d'état, nous donne des preuves encore plus décisives de l'erreur que nous signalons, dans ses plaidoyers publiés en 1608, et plusieurs fois réimprimés. S'agit-il de savoir si un contrat de louage passé avec un artiste pour monter et entretenir une horloge publique, doit être maintenu par la mairie après que cette horloge abattue, pendant un siége, a été restaurée et replacée?... Expilly s'empresse (plaidoyer 3, prononcé en 1604) de faire l'histoire, non-seulement des horloges, mais des clepsydres et des cadrans solaires; d'expliquer comment se comptent les heures; à quel instant précis commence le jour chez les divers peuples du monde, etc., etc.; et de rapporter à l'appui de ses savantes recherches, cinquante passages de Macrobe, Horace, Platon, Pausanias, Homère, Orphée, Apulée, Théocrite, Athénée, Ovide, Pline, Servius, Virgile, Saint-Ambroise, Varron, Isaïe, Eusèbe, Vitruve, Photius, Plutarque, Martial, Aulu-gelle, Valère-Maxime, Ammien Marcellin.

---

(1) *V.* Balsac, epist. selcct., édit. 1651, p. 167.

Louis Servin..., avocat général, en 1589; mort en 1626.

Combien les habitués du Palais devaient être agréablement émus par les citations harmonieuses de Servin: *Rabbi Zacuth in Iuchasim... Rabbi Maimon in Hal. Beth. Habbechira!...*

Des particuliers sont-ils en procès sur la filiation d'un enfant né à la fin du sixième mois à dater de la célébration du mariage?... Prenant pour prétexte que c'est là une de ces causes scandaleuses, connues jadis sous le nom de causes *grasses*, parce qu'on les plaidait les derniers jours du carnaval, Expilly, alors membre du parquet, tout en blâmant, et avec raison, la licence effrénée du style des avocats qui venaient de discuter celle-ci, recherche d'abord (plaidoyer 8, prononcé en 1605) quelle fut l'origine des causes grasses, et soutient, armé de quarante passages d'auteurs anciens, que *l'esprit des juges a besoin de récréation...* Il en rapporte ensuite quarante autres où l'on parle de diverses naissances, soit prématurées, soit tardives; des conceptions faites à la seule aide du vent, etc., etc.

On trouve une semblable méthode dans les plaidoyers d'Étienne Bouchin, procureur du Roi à Beaune, publiés en 1620, deux ans après l'époque du dernier de ceux d'Expilly.

Examinant si l'on avait pu condamner des époux mariés en secondes noces, à payer les frais d'un charivari, selon l'usage de sa province, il rassemble une vingtaine de fragmens de poëtes grecs et latins qui contiennent des traits satyriques, surtout contre les veuves trop promptes à se remarier; et son érudition est d'autant plus déplacée, qu'il combattait l'usage étrange dont nous venons de parler.

Au bout de dix ans, Antoine Lemaitre vint prendre le premier rang parmi les avocats de la capitale, où ses plaidoyers furent débités de 1629 à 1637. Il est,

a-t-on dit récemment (1), « toujours cité comme le pre-
» mier qui ait, avec Patru, dégagé les ouvrages du Bar-
» reau, des incohérences de l'ancienne érudition... »
Mais c'est une erreur dont un simple coup-d'œil sur ses
plaidoyers suffit pour être convaincu. Pour ne citer
que le 29ᵉ, on verra qu'à l'occasion d'une demande en
nullité d'un testament pour cause de suggestion, Lemaitre rapporte des passages de Pline, Tertullien, Valère-Maxime, Virgile, Platon, Saint-Jérôme, Tacite,
Saint-Grégoire, Aristote, Saint-Ambroise, Pytha-
gore, Sénèque le tragique, Sénèque le philosophe,
Saint-Augustin, Saint-Chrysologue, le pape Gélase,
Capitolin, Isocrate, Saint-Léon, Saint-Bernard, Saint-
Basile, Saint-Hilaire, Quintilien, Démosthène et Lu-
cain, indépendamment de beaucoup de textes de l'É-
criture sainte (2).

C'est donc mal à propos qu'on a attribué à Lemaitre,
tout comme à Patru, l'honneur d'un exemple utile qui
n'appartient qu'au dernier. Seulement, on peut dire, à
la louange de Lemaitre, que son érudition, trop pro-
diguée sans doute, était au moins mieux appliquée que
celle des Expilly et des Bouchin; que ses autorités
étaient relatives au sujet qu'il discutait, et non à des
questions tout-à-fait étrangères à sa cause.

Peut-être, en voyant que Lemaitre et Patru étaient

____

(1) Discours préliminaire de la nouvelle édition de Cochin,
p. xvj.

(2) Dans le 7ᵉ, il rapporte soixante-neuf passages, et cite quarante auteurs, dont quinze ne sont pas dans la liste ci-dessus.

contemporains (1), a-t-on été induit à croire qu'ils
avaient suivi une méthode uniforme. C'est ce que sem-
ble annoncer le jugement qu'on porte aussitôt sur leurs
ouvrages. « Ils ne les ont pas, dit-on, conservés exempts
» des défauts d'un style diffus et déclamatoire..... » mais
cette imputation est encore fautive quant à Patru. Il
n'y a ni diffusion ni déclamation dans son style, auquel
les critiques les plus éclairés reprochent seulement de
manquer de force et de véhémence (2). Un écrivain
diffus et déclamateur n'aurait pas eu l'honneur d'être
l'Aristarque choisi par Boileau pour réviser ses produc-
tions immortelles avant leur publication, et surtout n'aurait eu aucun droit d'user, dans leur révision, d'une
sévérité que l'auteur de l'art poétique tolérait à peine
dans son ami Racine (3).

On ne doit pas, sans doute, à Patru une réforme com-

____

(1) Patru naquit en 1604, et mourut en 1681. Le plaidoyer le
plus ancien que nous ayons de lui (le 8e) est de 1634 ; mais il est
probable, d'après un passage de son éloge (par le père Bou-
hours), qu'il avait débuté plusieurs années auparavant.

Observons à cette occasion, qu'on a mis dans sa quatrième
édition (Paris, 1732, 2 vol. in-4°) plusieurs ouvrages qui ne lui
appartiennent pas et dont quelques-uns même, tels que les *fac-
tum* du tom. 2, p. 222 à 388, ont été composés après sa mort.

(2) D'Olivet, hist. de l'Académie, édit. 1743, t. 2, p. 173;
d'Aguesseau, instruct. sur les études propres à former un magistrat, tome 15 de la nouvelle édition.

(3) Boileau disait alors à Racine, *ne sis* PATRU (pour *Patruus*)
mihi (*V*. Brossette, *Note sur l'art poét.*, ch. 4, v. 71); mot que
M. Millelot (*V. Annal. du Barreau*; Paris, chez Warée, 1822,
t. 2, p. 209) attribue mal à propos à Racine.

plète dans la méthode vicieuse du barreau français ; de tels résultats ne peuvent guères être opérés, du moins en peu de temps, que par des hommes d'un talent supérieur, et l'on sait que beaucoup d'avocats de son temps conservèrent en partie l'abus des citations inutiles, et se livrèrent à tous les écarts du mauvais goût.

On le voit entre autres, dans Basset, avocat au parlement de Grenoble, dont les plaidoyers et arrêts furent publiés en 1668 et 1676. Les citations y abondent, quoique moins que dans ceux d'Expilly ; mais il ne le cède point à celui-ci quant au mauvais goût. Il suffira d'en indiquer deux exemples. Chargé de prouver (*V.* plaidoyer 21, débité en 1667, tom. 1, p. 280 et suiv.) que les avocats devaient passer avant les assesseurs d'un bailliage dans la présentation d'un *pain béni,* il s'attache à relever par tous les moyens possibles leur profession. « De même, dit-il, que les abeilles, dont les jeunes vont cueillir les fleurs des jardins, les plus âgées demeurent dans la ruche, et toutes ensemble composent le miel et la cire...

      ...... Aerii mellis cœlestia dona ;

« De même les jeunes avocats vont au dehors dans le barreau, les anciens se tiennent dans leurs études, et tous ensemble produisent le *miel de l'éloquence* et la *cire des bons succès* qu'ils procurent à leurs cliens par leur travail et leur industrie... »

Nous indiquerons pour second exemple, la dissertation de Basset sur ce qu'il nomme (*V.* tom. 2, p. 204) les baisers *armés* et les baisers *désarmés,* véritable chef-d'œuvre de ridicule et de galimathias.

Mais il est permis de croire que les avocats à portée
d'assister aux plaidoyers de Patru, ou ceux qui purent
de bonne heure étudier ses œuvres, publiées trop tard
(leur première édition est de 1670), apprécièrent assez
sa méthode et sa diction pour les prendre pour mo-
dèles.

On voit, en effet, que le style des plaidoyers des
deux avocats qui remplacèrent en quelque sorte Patru,
et dont l'un, Erard, fut reçu en 1664, et l'autre, Gillet,
en 1674, dix-sept et sept ans avant la mort de l'ami de
Boileau, offre la correction, la sagesse, pour ainsi dire,
qu'on loue dans celui de leur devancier.

Les plaidoyers d'Erard et de Gillet parurent en 1696.
Il est probable qu'avec ceux de Patru, ils concoururent
à former un orateur qui entra bientôt dans la carrière
et effaça tous ceux des seizième et dix-septième siècles,
si l'on excepte l'illustre d'Aguesseau.

On pressent que nous voulons parler de Cochin. Né
en 1687, il avait treize ans à la mort d'Erard, et il dé-
buta au barreau en 1707, treize ans avant celle de Gillet.
Il put donc étudier ce dernier même dans son action
oratoire, et les autres dans leur méthode et leur style;
et il en profita, en effet, mais en disciple plus habile
que ses maîtres.

Ce n'est pas que nous voulions comparer Cochin aux
grands orateurs de la Grèce et de Rome. Nous devons
humblement avouer qu'aucun moderne (nous ne par-
lons pas des vivans) n'a encore approché ni des Démosthène, ni des Cicéron, ni des Eschine....

Mais quoique placé à une grande distance de ces
grands hommes, on peut encore occuper un rang très-

honorable dans la carrière de la littérature oratoire. On en jugera, quant à Cochin, par ce passage d'un article récent où l'on nous paraît avoir caractérisé son talent avec non moins de sagacité que d'élégance.

« Aucun orateur (moderne sans doute) ne fit usage d'une logique plus claire, plus pressante, plus nerveuse. Il fuyait toute digression comme un écueil. Son exorde indiquait le sujet, sa narration en était le tableau; sa discussion, la lumière, la force et l'effet. Cet ensemble était toujours animé par un grand principe d'équité, de morale ou de législation ; ce principe était, pour ainsi dire, l'âme de la cause ; il dominait partout, dans l'exorde, dans l'exposition, dans les moyens, dans les objections mêmes ; il l'imprimait dans la tête et le cœur du magistrat, mais c'était toujours avec l'arme des lois qu'il attaquait, combattait et triomphait. » (*V.* M. Métral, *au Moniteur du* 18 *février* 1823.)

Quelque brillant que soit cet éloge, on voit que son auteur estimable n'y suppose pas, dans Cochin, ces mouvemens, cette énergie, cette chaleur, armes les plus puissantes de l'orateur. Mais il y suppléait dans la déclamation, souvent même dans une improvisation que ses œuvres n'ont pu nous retracer.

C'est ce que prouvent les éloges que lui donnèrent quelquefois ses rivaux en pleine audience, entre autres Lenormant, qui, à la fin du plaidoyer pour la veuve Bourgelat, s'écria, en s'approchant de Cochin : *Non ! je n'ai jamais rien entendu de si éloquent !*

Qu'on n'objecte pas que, rapportée dans un ouvrage (*même disc. prélim.*, p. xxv) composé en 1822, plus de quatre-vingt-dix ans après le plaidoyer, cette anecdote a pu être embellie par la tradition pendant ce long intervalle !.. Nous apprenons par un récit émané de M. Caillau, confrère de Cochin, et qui eut quelquefois l'honneur de plaider contre lui, récit dont son fils (1) vient de nous donner une copie, que dans la cause Ker-babu, plaidée peu après la cause Bourgelat, et où M. Caillau était présent, Cochin eut un succès sem-blable et fut *dès lors placé tout-à-fait hors ligne.*

Au reste, en laissant même de côté tout ce que l'action oratoire pouvait ajouter d'effet ou donner d'é-clat au talent de Cochin, il reste assez de mérite dans ses ouvrages pour que leur publication ait dû être con-sidérée comme une entreprise fort utile, surtout pour les jeunes légistes. Le succès qu'en eurent les trois pre-mières éditions, publiées en 1751 (quatre ans après la mort de Cochin), 1771 et 1788, d'abord en six vo-lumes in-4°, et ensuite en neuf volumes in-8°, le dé-montre assez, puisqu'elles furent bientôt épuisées malgré leurs imperfections.

Et il ne faut pas croire que les changemens impor-tans, introduits dans la législation française par les nou-veaux Codes, aient rendu superflue l'étude des ouvrages de Cochin. Sans doute que ses discussions relatives à des matières féodales ou bénéficiales, n'offrent plus le même degré d'intérêt que sous l'empire du Droit an-cien ; mais, en revanche, si l'on peut parler ainsi, celles qui concernent plusieurs parties capitales du Code civil, telles que beaucoup de règles sur la condition des per-

---

(1) M. Caillau, avocat et professeur-suppléant à la Faculté de droit de Paris.

sonnes , ont en quelque sorte augmenté d'intérêt, parce qu'elles ont servi de base aux principes adoptés dans le même Code, et que, pour bien pénétrer l'esprit de ces principes, il est fort utile de remonter à leurs sources.

Nous croyons donc que les collaborateurs de la nouvelle édition de Cochin ont mérité l'approbation du barreau, surtout par les améliorations qu'ils ont faites à cette édition, soit en y joignant des tables ou indications qui manquaient aux premières, telles que des tables des lois et coutumes dont Cochin a parlé, ou des notes des arrêts rendus à la suite de ses plaidoyers (1); soit surtout en les distribuant dans un meilleur ordre. Ainsi, ils ont d'abord classé dans l'ordre du Code civil, les matières ; et, quant à chaque cause, mis à la suite les uns des autres, les plaidoyers qui la concernent et qui étaient dispersés dans les premières éditions.

Enfin , nous placerons au nombre des titres de cette nouvelle édition aux suffrages du public, l'insertion d'un discours préliminaire, qui, quoiqu'on y trouve quelques assertions et quelques opinions susceptibles de critique, n'offre pas moins une notice fort intéressante sur la vie et les ouvrages de Cochin. Nous regrettons seulement de n'y avoir pas trouvé une anecdote bien propre à compléter l'idée qu'on y donne du noble caractère de Cochin, mais qui peut-être était inconnue à

---

(1) Sur soixante-treize arrêts cités dans la nouvelle édition , il y en eut cinquante-cinq de favorables aux causes défendues par Cochin; (onze causes , qui n'ont pas de notes d'arrêts , furent terminées par transaction).

l'auteur estimable du discours : nous la puisons dans le
récit déja cité de M. Caillau, où nous lisons que , lorsqu'on proposa à Cochin la défense de Mlle Ferrand ,
loin d'être rébuté par l'indigence de sa cliente , il fit
toutes les avances très-considérables qu'exigeait cette
défense , quelqu'incertain qu'il fût d'en obtenir un rem-
boursement, subordonné au gain non moins incertain
de la cause.

8.2.8

831

832

832